尉犁

YU LI

费丽 —— 著

中国作家协会全国少数民族文学重点扶持项目
重庆市委宣传部、市作协文艺创作资助项目
重庆市酉阳县文艺创作扶持项目

长江出版传媒
长江文艺出版社

费　丽

笔名弗贝贝，苗族，1977年生于重庆市黔江
区，现居重庆市酉阳县。作品散见于《诗刊》
《星星》《扬子江诗刊》等。

目　录

第一辑　行在半荒漠

第一辑　行在半荒漠

去和田途中

草木扭成藤状涌上雪山的样子
嘲笑着我，这些年对远景空怀敬仰之心
褐色线条分拨出片片白光，或缝补
磅礴群山
图形交接处，山崖沟谷和雪露出裂痕
一种暗中拉扯的巨大力量
赐予我感动
小眼睛和远视力
那一刻，笨鸟先飞，前进之心不论形式
小机器扇起了翅膀
弧形好，不规则也罢，起伏鸣叫
于西部旷野

愿风声早日得道归来，还原草的颜色
牧场的心

2019. 1. 17

寻

在戈壁滩上，所有凸出的事物
都活着。会像石头一样
被撞出响声

起风了，在戈壁滩上游荡是自由的
丝竹、胡弦、马帮或驼铃

强者也是沧桑的。沙漠侵略戈壁
猫头鹰掉下地

几节枯枝，不知从哪个朝代探出头来
羊头顶嘴，要回老村庄

跟我这个矮子不同，工友们的背影
越走越动感。玉石、药材
成为寻求的胖子

鸿雁湖

总有水路，长着记性
沿着苇草，流进

鸿雁湖，有着美丽的胸怀
总有羊群，走近

知道时光的奥秘，湖水
能幻化四季

一半金色，一半绿色，是夏天
一半深蓝，一半褐色
是冬天

映照帕丽莎的，是阳光
在水面，托出银子

围巾荡漾，帕丽莎坐在湖边
看太阳、云朵、山峰

几乎没有落叶，湖水的馈赠

多是鱼干螃蟹泥沙

每天，帕丽莎都要用湖水清洗眼睛

之前，先蘸水，弹三下

五连林场

兔子在北风里
奔跑的姿态，像是逃难

橙色帽子，白色口罩，橙色反光条
养路工很淡定

慢条斯理，铲几下，走一步
再铲几下，再走几步

我行走缓慢，落后于兔子很远了
落后于北风更远了

养路工更慢，他们抵达林场中心
花了半个月

北风带来的雪
很快追上了他们

2017

胡杨树桩

顶端扫把样的发型
是风的杰作，它吹折胡杨树枝
又再梳理

粗细不一的线条
捆在一起，但捆不住木纤维的个性
当风沙呼啸，回旋
没有一棵树是绝对沉默的

一棵钉子树或一群胡杨
伫立。你看不见它们的根埋得多深
但能看见光芒的鳞片
浮动

那一刻，我提提衣领，闭眼
对着胡杨树桩
躬身而立

2019. 3. 21

刷大白

近年，村里种植了几片好苗子
更多滴灌带出没
分支，延伸。小树像五叶枫
孩子般高
已有了红色艺术感和
方阵气势

沿路的小树都要刷一截大白
白色珠子滴落
草地，还不够丰厚，但已能
惹人怜爱
它们新鲜、稚嫩，连脚印都不忍
落上去
小羊只在路边玩耍，忘了
哈萨克族姑娘正提着小桶
刷大白

2019. 4. 18

晚　归

夜幕在大地上提着眼睛行走

辽阔，灵活，友善

伴着呜呜，大货车把光影递过来

陪我们走了一小段

之后超前，拐弯，变小，回到夜幕

直到拖拉机叮当停在身旁

黑脸，亮眼，鬈发

用黑栗色手势和维吾尔语招呼我们

上车

晚风无灯但已驾轻就熟

拖拉机是团脚板却也跑得飞快

过了小片时间，小片芦苇

融入灯火跳动的

阿斯塔克村

2019. 4. 10

冬　日

山岭，长着稀稀拉拉的胡子
像换毛期的牛羊

玉米秆，一翻过山谷就变得凌乱
那片麦桩子颜色老成
披着种子

照旧路过，群羊像下饺子
进了麦地，吃着吃着
嚷了起来

牧羊人偶尔吆喝
秋的遗留，冬天不会带走

连山带水把库鲁木苏雪藏起来
明年打开，还是新的

2017. 12

在半荒漠， 时光是弧形的

处在半荒漠，细沙的涟漪
是风入侵的证据

红柳、胡杨、盐蒿、梭梭树
便七零八落，青黄不接

这生长的情形，就像响尾蛇和
我的命运

偶尔遇上绿洲，就画出明显的线条
摇响生命的一截

在半沙漠，时光是弧形的
前路浩瀚，苍茫而张扬

2018. 3

低谷， 更让人惊异

风的爪痕成片成片，像金色蜂窝
一半朦胧一半明

当影子到达沙丘顶
耳朵里响声如雷。我听到风
入侵

低谷更让人惊异
一条小水沟，周围一片蒿草
举着小白花

野兔的小虎牙，松鼠的大尾巴
在假装的枯草里隐藏

安静是奢望。风仍过来缭绕
我揉揉眼，看沙漠苍茫的命运里
星星点点

2018. 2. 5

一株小植物

伸出了所有密集的枝丫
个子仍然那么小
叶片保留着黄和绿
像月牙，也像羊蹄
纽扣那么大
即使全部洒落，也不够我捡上一捧
从没见过这么精致的叶子
这么光滑的树
似乎有刺，似乎不是刺，软
似有话语
我们不忍触碰

听风，看雪，拥有一片旷野
以独自的方式，等待
一只小羊

2019. 1. 11

遇见沙尘暴

借助风势，石头的儿子得到提升
裹挟树叶杂物奔跑

冲击波轰鸣着，追赶公路和人类
我让身体躲在车厢里

天空形象地还原了野马群
大漠本身正在掩盖大漠表面

旧村子和动植物被风沙路过
除了过滤发声，也尝试改变形体

小段河床躺在朦胧里，任风沙起落
不远处就是沙漠了

风沙敲打车顶，硬把盐碱味塞进
车厢里，我打喷嚏，冒汗
心生敬畏

之后，决定绕行，假装习惯了

这西北式暴力

2019. 2. 2

跟着羊学行走

无数小沙窝，就是无数羊
在沙里行走
它们翻过土坎，在小荡芦苇边
移动云朵

喜欢跟着小沙窝走，学羊
在沙地里印下脚印
有时，一脚就覆了几个小沙窝

像踩着软软的地毯。这感觉
曾在牧民家获得过

赤脚，提着鞋又走了一小段
层叠的脚印转着圈。我触摸到了羊
的温度

当风在芦苇头上摇晃，大羊喊小羊
牧人站起来，望向远方，像画里的诗人

2019. 3. 7

藏桂新村

众多小平房组成了藏桂新村
像雨后，沙海里迅速长出一片
灰白色蘑菇

驴马、羊群、摩托、三轮
维吾尔族朋友越来越多
说普通话的帐篷便开始闪退

村外，维吾尔族妇女们铲开沙土
埋下滴灌带，到长出牧草和核桃苗
只十来天

生命力如此顽强、旺盛，快捷地
把半荒漠变成了绿洲

最后离开的几个工程队成员
在村里转了几圈
谈笑风生——

2018. 12. 22

骆驼刺

在盐碱地成片生长
就能成为一个小小的南方

绿色如水，被需要
比如羊，比如狼，比如牧羊犬

即使叶子是枝条，是刺，也不怕
必要时，它们是良草

没有太多荫凉也没关系
它们集结，组成新故乡，为适应远方
而变异

梦想就在它们中间
无数次被扎疼，除了哎哟一声
我吐不出别的词

2018. 12. 22

山的皱褶是光的折扇

折叠的光线，从山后冒出来
隐身的夕阳让人意外
绕到高处，避开暗黄的戈壁
明从垭口出来，渐弱
成为扇面
暗的从山顶出来，渐散
成为扇骨

那一刻，山交出了光的秘密
光因山而有了形体

我们向折扇而行，继而略降
之后，夜幕落到了公路上，皮亚勒马
灯火浮动

2018. 12. 7

冬天， 这里的戈壁里有水

冷，便有雪山，雪便从山上下来
在荒漠里呈现水泽

如湖照见天空，如溪照见牧草，如泽
照见路人

一切照见，唯羊群最美
一些植物周围，只被湿润了的沙
镜面模糊不清

雪，离开久居之地后
我每每看见它，都很新的样子

2018. 12. 3

霸王刺

一棵蒺藜科植物，骆驼蹄样的
小叶子全掉在了脚上

带着绿意，像一小堆亲人
被季节追赶，越到冬天越不愿分开

根和枝丫留守，叶子去漂泊
沙石、麦地、房舍、林场

回来时，阿力皮孜看见月牙儿
照见无数骆驼蹄印

它们又茂盛了

2018. 12. 6

金山河的风

有脚，我经常与它反向而行
有刺，我用棉麻对抗

落叶滚动时，我看见了自己
像一枚小小的风

有次说话，风心里长了小刺
我听见风滚骆驼草

不管横竖、斜逆……
相遇了，就得学会穿越

毛驴、摩托、沙尘和维吾尔口音
雅达西①哈马斯②，都在风里

2018. 12. 3

---

① 雅达西：维吾尔语，意思是"同志、朋友"。
② 哈马斯：维吾尔语，意思是"全部"。

皮山下雪了

天亮前，轻盈的新雪来了

勾勒出荒漠的地图

沙丘顶着半件雪衣

露出肩头

牧草在平凹处

露出发尖

如同大群流动的羊

有了薄雪的花斑

而我试图在皮山的地图上

找到被雪线牵着跑的那只

2019. 3. 14

过　客

铁路边，一笼灰头土脸的梭梭树
被埋掉了小半截身子
好多天了，装载机一直在行动
旋风随时运来新沙土
梭梭树想把枝头伸得高一点，再高一点
好与我的乱发、远处散落的垛影
建立细微的联系

它明白，我们终将是荒漠里的一株
过客。更多过客将坐着火车
不知去向

2018. 9. 29

动荡与阵风有关

好久没有羊膻味路过
也没有成群的灰尘，咩咩叫唤

胡杨知道，一切动荡都与阵风有关
眼看野草抽穗，眼看
红柳籽飘走，眼看秋天
又落了层皮
眼看他们一个个离开，她们再
回到种羊场
曾经红掉的一双双眼睛
安静了

此刻，眼看一群黑鸟在天空
聚拢，散开，又聚拢
像举行某种仪式

2019. 3. 21

想在戈壁做女王

这里，有巨大的玻璃屋
干河床、动植物、鸟、化石

这里有巨大的宇宙
它的空，关不住我的有

无极呢，在哪里
多数时候我看这世界都是真实的

白天出去捡石头，捉蝎子
接受太阳暴晒

夜晚，不避虫鸣，不惧狼吟
随便一躺，就忽视周遭绿眼睛

不感觉冷，绣着月亮的云被
自会盖在身上

无须贴耳，就能听见大地心声

人类诚实会让戈壁感动

多数时候，这里都有风路过
如隐约的驼铃、瓷器、茶叶、丝绸

一样古老

2018. 3 修改

在苇草防沙区

一个草格子
就是一个小的绿洲守护者

电杆被种在草格里
电线，公路交叉着通过

沙里暖烘烘的，手脚在细沙里
轻易就能摸到生命的痕迹

蝎子活着，拖着螯刺，逃了
零落的枝丫活着，但不知它的根
或来路

半荒漠还是绿洲，带着木味
撒开的红柳像荒漠的汗毛
它的稀疏
和呼吸，让人担忧

2019. 3. 21 修改

在叶尔羌河边

秋天，叶尔羌河的水位下降了
梭梭树把足踝的树皮卷上
回到岸上

叶子不能总抱着树枝，是时候
借风势飞向大河了

走水路。几车柴火，过河前
先勒马停下来

不管流动或漩几个涡，自然运转
河水更欢了

行者在路上，不管逐水还是踏沙
停下歇脚或原地转个圈
都正常

荒漠里的骨头

在尉犁、楼兰、塔里木河畔
在塔克拉玛干边沿

胡杨、红柳、盐蒿、骆驼草
从逐水长千里，到逐沙
长千里

那么多精致的骨头，横在半路
让人想起大汉、匈奴和美女

历史追溯到古城、战争
生命追溯到精绝、残简、库房

游走千里荒漠，我曾想
做一只蚂蚁、蜘蛛或雕儿，留下
小点痕迹

2017.10

沙漠与河

小河从荒漠流出来
绕几个弯，过了浅草密集区
又流进荒漠

众多植被像小河的毛边
水泽像意外的花斑

无论被脉动串起还是隔开
毛边之内，交叉的淋巴
维系着平衡

默许小河与沙漠纠缠
或流经我。想到一条花格围巾

会驿动，也懂得安宁。当我们
拥有几千里距离

2018. 10

麦克提的板板车

在麦克提，我们遇见了刀郎部落
和在部落里行走的
赶车人

戴珠帽，握长鞭，偶尔回头
风转着圈，把鬈发和吆喝
从帽檐下拉出来

树林、草地、农场交替出现
被褥、馕饼、杏干、扎头巾的女人
跟在后面

想到之前见过的队伍
我们紧走几步

摇晃的璎珞，像直立的红缨枪
赶车人的声音比铜铃、铁蹄
还清亮

混合、缠绕的感觉就像红绳
扎着辫子。头巾总被掀起
似有喜气
似乎神秘

2017

白杨沟的客人来了

绝对想不到，桃儿、李儿、杏儿
和荔枝，都是这儿土生土长的

也想不到，脚下沙土被动过手脚
一笼炉火正在爬过

一截老树桩，就是一张桌子
大盘大盘的煮羊肉，配以洋葱、芫荽
摆出了花样

客人围成一大圈，青草向后退让
灯火、歌舞，裹挟绿浪
奔进夜色

奶酪，从火龙嘴里被拿了出来
配以奶茶，和搪瓷一样光滑漂亮的
笑容

2017. 10

地火龙

地火龙，是炕的家族成员
它一直铺进屋，绕一圈又出来

它懂得低头，矮下身子
到古丽蹲下，低头，就能从它嘴里
拿出奶酪或馕饼来

它矮到，人间烟火能顺利
从龙头游到龙尾

为避风尘不倒灌，整个火龙
都在院子里，龙尾顶个瓜皮帽

传统的它，头像土气，脊背粗狂
趴在院里直面天空、风沙、骄阳
如今的年轻火龙讲究了
待在屋里，对外只露出小尾巴

它们温煮奶香，是保暖的碉堡或

士兵。远远望见冬雪来了

就扇起烟火

2019. 3. 20 修改

渔猎部落

沙漠是流动的，沙漠里塔里木
的支流，是流动的

懂得逐水而居的罗布人
被时光，被楼兰
遗留下来

不种五谷，不养牲畜，不织布匹
只打猎捕鱼吃红柳烤肉

阿布冬跟族人一起，到镇上
住了一段时间
回来了

卡蓬、铁叉、毛皮
仍是必需品。胡杨、红柳条
支起泥巴屋

历史，不沉不漏

如今似乎多了庇护，也多了
陌生

2019. 3. 20 修改

重　逢

白桦、银杏、胡杨和梭梭树
是保护区最野的孩子

在叶尔羌河畔，他们翻过泥埂
落进水塘，又爬过泥埂
牵手草坪

走走停停，三三两两
一会湿地，一会荒漠，一会村寨

甚至流浪得找不到彼此了
才懂得回头

当我把车开到团场
他们又东一棵，西一棵
回到沙丘上了

2019. 3. 20 修改

行在半荒漠

风沙卷出一条条有鳞的经纬
指向无边的沙漠

沙龙游移，带动自己的鳞片
推改沙漠的背脊

响尾蛇的小尾巴带着白色薄膜
蜕皮后，到处都是

那么多事物都如鳞片进化了
沙漠才想到返回

我们一大群人路过
听说，这里曾是大宛国、鄯善
大汉都尉府

2017. 11

骆 驼

昂着脖子，耳朵突然静止
鼻子微动
嗅风，也嗅到了我
之后侧头，交换眼神
比我高出半头的戈壁绅士们
自备水袋和草原

举起相机，靠近些，再近些
我要与他们零距离

昂昂，他们坐了下来
并未嗅到我身上留存的烤肉味

我也坐下来，面对他们，面带侥幸
可一地的秋天
扎疼了我

2018. 1

团场的树

沙丘里，东一垄西一垄的
不一定是红柳。如果远看

长相怪异、不按套路分布的
可能是天然胡杨

它们与二菩萨①的枣树林不同
那片枣树林，很多人

这些树挡了风沙的去路
这些人，行走缓慢，还在风沙的
来路上

2017. 6

---

① 二菩萨：为一带班工人的浑名。

五连水塘

这里几乎没有春天
即使有，也是五月初夏时
那少许鹅黄

林场狭窄，水塘无水
尽管如此，公路还是下狠手
切去一小片

七月，团场的几棵歪脖小树
仰仗古丽和一个小水壶
恢复了元气

2017. 6

驿　站

不知历史上的驿站是什么样子
时光隐去了马蹄、铜锣和戎装

如今，只是一些破旧木桩
被塑料薄膜和草耙子
围了一下

沙尘暴横扫的时候，骆驼和羊
都赶过来，挤成一堆
为了羊的呼吸，骆驼昂着头

旧时光需要记忆
护佑精神需要延展
为了骆驼和羊，为了烟火传承
这个驿站，在大漠坚守了千年

2019. 3修改

在尉犁， 到处都有红柳垛

在尉犁，红柳坚守的沙丘，更茂盛
总是高出其他地方
红柳用根抱住沙丘，用身子和头发
减缓风沙行进
有红柳的地方，就有了抵抗
有了勇士
就有骆驼、羊、蛇和蚂蚁
就有了生命的反响

有红柳的地方，就有梭梭树、胡杨
是牧童成长的故乡

2018. 2

黄水沟牧场

云朵也是天空的孩子

会调节情绪

醒了就晴，迷糊就雨

闷了就阴

夏天是黄水沟最好的生长期

牧草懂得，该成长时就使劲长

该亲近牧民时

就喂养牛羊

该保护自己时就护住身子

干掉头发

根系深藏

在黄水沟流浪，野狼

让子孙长得像牧羊犬，放低尾巴

学山风

呼啸

2018.1

九月， 适合开启保护之心

眼看秋天，它的内心一片荒芜

眼看秋天，它的野草都在晒干自己

如果荒漠无草

起风时，会荡起更多更明显的涟漪

甚至，枯枝会露出脊背

而我并不想挖掘某段丝路长草的历史

向往茂盛，我深爱着这荒漠

背后的小片牧场

并于九月，起了保护之心

2017. 10

我是一粒最笨的沙

它们翻过山丘，落进苇草格子
又逃出来，爬过枯树脚踝，路过我

它们一小块一小块延展开去
在恍若温热、柔软、丝滑的错觉里
隐藏了侵略性

远处是海，近处是丘
它们弧线自然、随意，鳞片
半明半暗

我仿佛看见了游动。走过的路
如一串异样漩涡
浮于浅表

它们又开始飞奔。起风了
我是那粒最笨的沙

2017. 11. 27

村庄外

野草地里，停留着十几个土堆
每个土堆都顶着块干泥巴
一袭枯草

风吹过来，草叶窸窸窣窣响
那些土堆像一群老人举着盆子
等雨

小泥潭快干了，小黑雕飞过来
还没着陆就走了

看来，这些土堆的年代并不久远
还得习惯这里的气候

2017. 11

藏桂牧场

从草地起身，香蒲地肤盐蒿子
也能长成棉花糖的样子
像穿棉袍的牧民，在绿洲聚群而居
也能在盐碱地以点概面
从东到西，从南到北，从芦苇、牧场
到半荒漠
一起喂养羊群，种下绿色
方块补丁、公路或带状防护栏

无规则入侵的是沙漠
扩张生长的也是绿洲

2019. 2. 28

挤进阿克苏

天地间，色块不一
羊群是落入，云朵是插曲

奔进它们，追逐它们
沿山脚，到山湾、山顶
总转圈

在阿克苏，一切都很新鲜
白杨树最从容、稳定
划出格子

葡萄园的屋顶总想冒尖
但若静若动的人影
成了凝聚点

2018. 1

在吐鲁番

从长相、形状、服饰、眼神
我分辨不出眼前这集镇
的民族

山腰上那无数风晾房
是否只属于吐鲁番，只属于
维吾尔族

听不懂周边朋友和植被的语言
但我知道，它们有着同样富含碱盐
的母亲

除了枸杞、红枣、核桃、葡萄干
我叫不出更多干果的名字

在位于大陆性干旱气候的吐鲁番
我像一颗缺水的果子

2019. 3修改

红色戈壁

这里是拜城，深邃、广博
让人想起那些穿越历史的人或神

远处端坐几个戴帽子的山
近处多是红沙石

我想称这里为南疆红海
我想在表现惊诧的小股旋风里
缓行

用红心参拜，把围巾举起
当旱海露出笑纹时，棉布上的花朵儿
飞了出去

一二三……我数着身姿轻盈的羊
和一些红柳垛

2017. 11

古 城

两条干河，远离了山上的雪
相交的马蹄翻过山腰
有意追赶金属的哨声
黑雕目光如炬，站在皮袍上巡游

传说土城和它的士兵
属于汉朝

铠甲，一半露在地上，一半
埋在地下
客栈也是地窝子，侠客和女掌柜
成了戏剧里的蒙汗药

在这神秘与苍白相交的废城
我们并未捡到什么宝贝
地球上，只有沙土才配称为永恒
向导蹲下去，捧了一把

2018. 1. 12

穿　行

路面颠簸。前方总有一截波光
我们一直追，它一直逃

回头，它又在后面闪烁
泅渡或逃离。但沙漠深处的鱼
在进入

虚实之间的玻璃带
真正能触及、穿越它的是风、白雕
和其他车辆

阳光的火苗继续攒动
缓坡上，荒漠不停为我们提供幻象

远方，小径出没，时而伸进天空
时而落入沙海

2017. 4

临时同行者

以变换飞翔姿势来获得清凉，或
减弱风沙的攻击

力的较量，以身体的颠簸来展示

跟着我，飞一段，盘旋
低下来，鸣叫几声

那一刻，戈壁衬托它们
近距离的黑，比新铺的沥青纯粹

在大漠腹地寻觅生活
人类像爬虫，不如天幕上的点自由

停车，我从后备厢拿出水和食物
放到路边，低洼处

2018. 12. 23 修改

猎　物

近了，芦苇动几下，再动几下
向远了。我带来了风

伸耳朵，缩脖子，像一团草
在草里啃食光和热

体肥，腿长过尾，好像浑身长眼
奔向湿地泽国

极限处，群峰分食着夕阳
天空贴近了地面

谁听见了谁，谁想为远景和解呢
匆匆一见，便退出猎场

2018. 12. 25

邂　逅

凌晨，对一只拖着尾巴的瘦狗招手
我想，流浪的牧羊犬
找不到家了

望望四周，山不言，风不语
绿莹莹的眼睛，停留胡杨树下
直到我放弃召唤

胡杨树旁，有条雪山下来的小河
我想，它定是怀着私奔的心
逐河而来

2017. 11

格　桑

大漠空旷，蓝色精灵在微风里
翕动，说蝶语。仿佛离时光很近
又很远
花枝上长着小虎牙，花束略向外
花朵细小
独立成株
稀少不成群

每一枚花瓣都向外开放，向内
画出心形的小弧线

风哥哥不会掐走它的花瓣
得等果实成熟了，才带着她跟羊群
去流浪

每次相遇，头羊就要在她额头
吻几下。它们相互点头
像某种仪式

我想，这就是格桑了

此刻，我弯下腰，她慢慢把紫色

分享给了我

2017. 11

2019. 3 修改

第二辑　寄居者

灌　桩

加班的人，把电灯顶在额头
脸孔就亮过了影子
之前，挖掘机撬开了戈壁的嘴

夜色中，一大团橙色光影里
流动着萤火虫。以后，这里会路过
长串长串的灯火

光影里，灌车在萤火虫的指引下
把水泥浆注入地洞，激流旋转着
奔涌出来

明天，混凝土就会变得坚硬
此时，建设者们凝神，静气，听
大地发出声响

2017. 12

在工地当炊事员

来年，不要再让我掌勺了
刮半天风，尘土就覆盖了锅灶
食物都带着土味

胡杨还没发芽，菜苗还没长大
如何给打工生活构思一个绿色封面呢

坐在炭堆旁，看着锅里的炖土豆
数着时间

希望有了，但雨还没下
工地渴了。开上皮卡，我们去恰拉水库
拖库存雪水

人间烟火煮高处来水
我们等着古勒巴格的春天

2017. 11

插　曲

流浪的云，有浮动的命
立足点时高时低

像刘毛，今天在钢架上干活
实实在在飘了一下

滑到极端，保险绳才猛然醒悟
他们互相拴住对方

生活需要收放自如
雨丝顶起一朵云，蛛丝扯住落叶
刘毛闪了腰

今天，虚惊一场的是风
脚底打滑的是雨。最具弹性的
是命

2018. 7. 13

回　应

晚春，混凝土基础醒过来了
快快长，月底完工，就能得到奖励

他握着扳手，快步走进钢管架子
用力拍了几下

旷野里，铛铛声夸张地奔出去
碰到风，回来，又飘出去

涵洞承载着向高、向远的意义
铛铛声，是毅力对肢体
做出的回应

此时，螺丝合缝，扣件紧匝
钢板们稳稳地站在一起，合力围成
几个几米高的仓室

明天，混凝土一灌进去
大半个腰身就成型了，他笑着说

2017. 4. 23

立 冬

立冬之日，这里已成寒冷之地
牲口圈外柴火熄灭
灰烬旁，阿卜杜娜摸摸头巾
记起昨夜又忘回屋
睡着时，雨雪悄悄翻过栅栏
接近她

温暖是需要等候的，安静地等候
放牧归来的人

空气变得温和透明的时候
太阳终于出来了
光斑成片，从东山直落入乌拉泊
闭上眼，阿卜杜娜看见披风挂麾的牦牛
投怀而来

2018. 11. 7

午　后

用柴火在沙地上画梅

枝头随意

用鞋底印画，波纹有一定规律

阳光从门口斜着照进来

小范围圈定我

火苗退回火塘

水迟钝了。厨房有点懒散

坐在灶塘前，我在随意中消遣

屋外冷风流动

手套和鞋带并未禁锢生活

继续流浪

今天，又走了两批工人

2018. 11. 8

还不到秋天

草心还嫩，嚼起回甜
我跟小羊们玩了一下午

回村路上，烟云滚滚蹄声嘚嘚
羊群版图变幻

生命之音超越了马达
二三车辆停下来，与牧人搭讪

是夕阳染黄了牧场，还不到秋天
少吃肉为好

牧人声音有点大，提着盘卷的长鞭
头也不回

2018. 9. 10

老 万

一身灰，布鞋，小眼，微驼
一有空就拍身上尘土
爱喝酒、吹牛——
干了半辈子撑模工
从平面到立体，从直沟直角到几何体
总陷在别人的设计图里

工地上缺烟酒、篱笆、花朵
不缺黎明和路径
这次，他终于从城市深处爬出来
捞到几十座安置房的撑模工作

感觉要挣到钱了——
这次修建的房子里将不再进住设计者
而是像自己一样的人

2018. 8. 24

昨天大雪

柴油点猛火，总能化掉积雪
水分变成湿气上冒

板房在特殊天气里喷嚏连连
青烟盘旋不愿离开

炊事员不停挥手捂鼻揉眼
也不能安慰灶塘前蹭温暖的女人

昨天大雪，和她一起抹灰的工友
蹲地上再没起来

之后，隔壁树叶掉落的声音
被茫茫雪原封锁

这雪下得更大了啊，她感觉寒冷
的纸片，到处乱飞

2018. 11. 17

归 宿

下雪那天，老王在脚手架上干活
干着干着就落到地上

说是终于轻松了，却僵硬又紧缩
明明面无表情，却说魂灵收脚印去了

当雪花返回。冷透的人定会在天上
得到救助，获得香火

睫毛和牧草结冰了，工友陆续离开
留下小堆新土与苍茫

生活仍然慈悲
雪花，落叶，无论飘多远
都有归宿

2019. 1. 14

午 后

站在地里，二菩萨一拨通号码
工友就忙了起来

此时，铃声有足够的凝聚力
让工友们蹲下，仰头，站起，又趴下
背着夕阳，围着拖拉机
转，把每根大点滴灌带①
都喊了一遍

那孩子听着喊声，跟着黑眼珠转动
他是地里的一个小影子

秋天，午后，灰扑扑手机
被一个灰扑扑孩子放进了灰扑扑的
滴灌带

2017. 3

---

① 滴灌带：灌溉用的水管子，可以根据灌溉位置的需要打漏水
的小孔。在新疆，滴灌带每年都要收回工厂重制，来年再新铺到地
里。

你举起小黄菌

光影在密匝的树林里交叉
同行，层叠。生命在相同的季节有
不同的呈现状态

因为暖阳，因为空闲。漫游其中
我们多了联系

相比杨树，苦豆丁和菟丝子都是矮瘦的
它们是树林的依靠者

靠着树生长，草籽要落不落
蘑菇像毽子群，绕在你身边，足下

对着镜头，你并未注意到灰斑和皲裂
长在树和菌子上，也长在你手指、手背
灰指甲里

远景模糊，那是新疆、塔城

2018.3

风沙刮过棉田

九月，气候干燥，秋色茂盛
水渠皴裂得像棉果

风沙又来了，横扫棉田、荒草
越高的树摇晃得越厉害

越离地，越独自，越飘摇
云朵隐退

口吐乡音的摘棉工，紧裹纱巾
放低自己，与棉花苞团结一致
等待逆袭

2017. 5

在荙荙槽子

风沙，像暴雨，像马帮
横扫过来

毫不隐瞒假象和空洞
这戈壁滩，三天两头发飙

天空脸色一变
乌云就裹挟着轰隆声
压过来

小黑雕鸣叫着盘旋
草团滚动，民工跑回谷底

八月，在荙荙槽子
想念南方暴雨，八月，在荙荙槽子
落地，就有生的希望

2017. 10

尉犁的云

除了本地的云
似乎都很轻，似乎没有根，似乎
没有他们，天空会轻松很多

九月的长绒棉，像云朵
采摘长绒棉的，除了本地人
就是外地云

淡黄的长绒棉，蘸满了阳光
拥有了天地的颜色
就分不清它们的民族了

静止美，流动也美
无论长绒棉歇不歇脚，摘棉工
都埋首云堆里

2017. 11

下午， 雨

雨小的时候，风也慢了
手机音乐婉转

一阵笑声，从帐篷跑出来
追赶一个绿衣女人

大漠里的雨，像假期一样稀疏
像绿衣女一样清凉

因为下雨，因为绿和清凉
因为想起了家乡

扎帐篷的绳子上，一只麻雀
不停地替另一只麻雀
梳理羽毛

2017. 11

我　们

还没跨过去，就突然退了回来
一小蜘蛛，被我惊得
悬在半空

它也是从别处飞来的
像我一样，为生活而流动

在它面前，我像座山
它要飞过我，一定比我飞过秦岭、天山
还难

它认识我了，与我同住一间工棚
此时，它看我，我看它
只不说话

镇定下来，我向它吹了口气
它便转身，往回爬

去年，那个云南来的黑皮肤寡妇

也与我同住一间工棚
除了应声去上工，就是织毛线
我不记得她的名字
只称老乡

她偶尔望我一眼

2017. 11

中秋夜

突然醒来，给远方发个视频
想说梦见了

黑色背景上，斜斜的雪花来势很猛
似乎要突破手机屏幕
飘进我眼睛
以阻止我，看那片橙色灯光下
晃动的迷彩服、安全帽
钢筋、混凝土
影子

没看见你，我说
啊——你回答，声音怪异
镜头突然全部变黑
振动棒的声音停止了，我还没开始发呆
视频结束了
再过几秒，电话还是没人接

黑夜重新融入梦境

雪花飘了一夜

2017. 12

涵洞，慢慢长起来

从纸上谈兵到模具定型
从把想象变成有形的混凝土
用了一个多月

之前，泥沙被挖机一铲铲叼走
低处渗出积液

之后，往积液里倒入防水混凝土
插上钢筋，围上模具

二菩萨和工友们穿梭于这片小工地
慢慢将钢筋扶正，凝成
涵洞的骨头

一条铁路，需要疏水、过风
需要很多涵洞和骨头
来支撑

那天，我从另一工地转回来

二菩萨已站在高处

又在褪模了

2018. 1

打　泵

弯下腰，慢慢拉动振动泵
立起身，把振动泵提起来，又放下去
如此，动作循环

他提着工作灯，跟着二菩萨移动
主导着振动泵游走路径
泵游动到哪里，哪里的混凝土浆
就一阵乱溅

任由身上变得灰白
任由自己变得像混凝土泵

努力了就有所得
他们太了解这些由软变硬的物质了

打一次混凝土，泵努力振动一回
涵洞就拔高一节
工友的工作位置就提高一层

2018. 1

破　桩

在桥墩顶上放胶垫，使得桥墩
桥面结构紧密，更具稳定性

若干桥墩并排，再用桥面串联起来
就成了高速铁路

预备服役的砥柱需要绝对周正
高处的工作，需要胆大心细的人
来完成

一群高十多米、直径一米多的
桥墩上，还没有桥面，就有了
凌空之势

每个桥墩顶端只能容纳两个人
在上面，提着风钻和切割机，工作

我把保险绳送过去时
二菩萨已站桥墩上了，他的彤子

和桥墩一起，从基脚开始

经土坎折射着

爬上来

2018. 1

技术员小李

戈壁滩上，如月的拱门一天天成型
他一天天被舔黑

又开始打混凝土了
两班工人，像月亮太阳轮回工作

与民工为伍，他是特殊的一员
子夜了，农民工的消夜、他的晚饭
还没来

视频里，火焰升腾，泵声回旋
离开火堆，一个人影缩小到工地背景里

相信那部手机，让他安静

2017. 11

五工区

山丘，像大漠散落的馒头
绵延向远，帐篷也是

天空、云朵、工地都是干燥的
皮肤也是
风和时光能飞沙走石，点石成金
人也能

天天在五工区，不用看
就知道星星在哪里，工作灯
挂在高架塔上

得像骆驼草或梭梭树，民工
必须耐高温、低寒、盐碱、干旱、风暴
高铁也是

时光荏苒，这坚韧的戈壁
拥有着红日之心和丝绸之路

2017.11

手可摘星辰

那栋楼，慢慢盖起来了
阳光一天天照着它
眷顾它

建基础时，很慢
常有人站在地上，背着光线
向下查看

看着看着，就变成了仰头

午后，二菩萨又跑到楼房旁
仰着头看。看着看着，跳板又
升高了

真好啊，想到那接近云朵的顶点
二菩萨笑了

2017. 10

嗨　呀

他把锤子举起，与身体拉成直角、钝角
偶尔锐角

举一下，就憋一口气
锤子飞快落下时，气就放出来
就嗨呀一声

他拉自己身体，就像拉巨弓
拉一下，锤子舞出丝弦
呼呼作响

锤子不能虚晃，更不能砸错落点
中途不能岔气
会散了力量

尺寸有偏差，就要改正
二菩萨正正心神，又把锤子举起

憨实的混凝土，不是响鼓

需要重锤

2017. 11. 23

今年的最后一道工序

很巧，涵洞提升的几个夜晚
都在下雪。基础深厚的它，要一天天
慢慢长

十月遭到冷遇。雪再下，就要到明年
才融化。停工令像雪花
凭空而来

为以后的衔接能足够扎实
走之前，还得给涵洞打造一副
好唇齿

趁混凝土还没完全坚硬
趁库鲁木苏的冬天还较薄弱

给涵洞打理好一切过冬事宜
就让工友们回家

此时，工友们手握毛毡

立足混凝土上，钢筋，已从四面八方往中间
躬下身去
像在参拜，或拜别

2017. 11. 9

工　地

让人想到盐碱地，小雪粒
停在新土上，乳白色的涵洞底盘
待在矮处

像浅湾里未完工的大船
它的钢筋头发，被低调地盘成
鸟巢一样

风举重若轻，偶尔听见响
看见动，工友身着棉衣
行动自如

目前的工作是抵御风雪和等待
明年，涵洞再生长

2018. 3

重　生

无规则的颓废，于我
像空气，会隐形，却真实存在

昨天，你发来那拱起的桥
坚硬的外表，像被蚁虫蛀穿了

脚、腰身、头，乃至内部
无知觉的角落

水、水泥、沙子和小股气流
同时架空了更多人

几把水泥敷不住，外表不光滑
你忙着喊人修补

我不是一堆未凝结好的混凝土
摸不到内部腐渣、穴巢，但确有相似处

如果要改造我和我们的宫殿

你就必须亲自监工
把原来塑造的所谓优质工程
推倒
重来

2018.4.10

单身邻居

院坝边有棵斜生的柳树

伸向小水塘

有只羊，每天都带着孩子

来饮水

偶尔逗逗柳枝

黑娃比羊更准时

坐在不远处

透过乱蓬蓬的头发

盯看小羊顶奶

当羊喝饱水，慢慢走后

月亮拖着两颗星星出来

黑娃和柳树逐渐褪为夜色中的

小黑点

2017. 10

尾 巴

尾巴不是尾巴，是一个曾经
跟在我身后的春梦

尾巴姓冉。如今，他是新疆人
在团场有了居民户口
种地为主

走进红彤彤的辣椒地，他手指秋风
眉飞色舞的还有太阳帽和
番茄林

有成熟，就有缺憾
菜地里凹凸的长土埂，让人想到
漫漫人生路

从乌江深处到南疆平原
二十年了。他乡变故乡

小平头，与戴八角帽的人混在一起

拾辣椒，捡番茄，抬着箩筐
开拖拉机

2017. 10

寄居者

她就是不搬走，还总嘀咕
小平房新倒了地坪
粉刷了墙壁，吊了石膏板
换了新窗帘、床、被褥
买了新摩托

卖断工龄后，她每天放羊，刨地
收拾啊收拾啊
她说，等风沙停了
媳妇儿还要从南方回来
就像当初，她从四川过来
嫁了

农场领导只得放弃了劝导
尉犁的风沙根本没有停下来的
那一天

2017. 12

夜行人

本地人就是辛苦，摸黑也能走
像牛，生了夜眼，他说

机械装、反光条，身材方正
定是外来民工
她纠正
长筒靴黏满混凝土，沉重的踢踏感
像牛脚

与众多车辆擦肩而过，他们头也不回
只偶尔侧一下行进方向

旷夜无月。公路上，车灯扫射着
灰尘、树影。不见村庄

夜行人，你，住哪里

2019. 1. 11

在克拉玛依

要挖出戈壁里的金子
得有副辘轳样的身板

二菩萨从未停止过拉伸自己
就像井口的
钻头，探取着戈壁的血液
也配合戈壁滩
过滤着二菩萨的汗水

今天，二菩萨又下井了
挖掘时，他身体发红
更富有弹性了

2018. 1

中秋夜，在种羊场

从屋里出来，晃晃悠悠
树影醉了，却不忘偶尔吹吹口哨

火炉暂时离开了他和酒罐
烙痕更明显了，那月亮
神情微动

真像个面饼啊
这月亮，让夜晚和绿洲
交出影子

种羊场，像蒙着头巾的女子
她们的丈夫，为信仰
去了远方

2017. 12

那些岩画，是祖先

白杨沟的阳光，每天从山上下来
陪着老人，和羊群、古树、残墙一起

世间所有事物都很神奇
都有保护之心。有形与无形，与生命
互相崇拜

红的、黑的、褐色的，半圆
三角形、抽象符号

老人把鞭子卷起来，仰头
望对面山崖——
那些岩画里，有哈萨克族的祖先

2017. 6

在小土屋里

土墙、马鞭、戴毡帽的青年
木梁、木床、木板桌子
小孩儿坐在木凳上
眼睛发亮，汤匙停住，忽略小木碗
只几秒，我确信了
陌生人身上会有神秘的东西

扎头巾、穿长裙的女人，看看我
看看小孩儿
喉咙里吐出两三个简单的音节
转过头
继续掸面

2017. 6

在卡拉水渠上

渠水、河堤、大漠、铜铃
时光、远方

那天，在卡拉渠桥上
我停留了好半天

一个哈萨克族男人
在胡杨树下，看了我好半天

一只小白羊
偶尔露面。黄羊群不见去向

2017. 6

留　守

沿着土路，羊群早晚进出村庄
与残墙相守

相邻的石屋里，住着它们的
哈萨克族老人

之间有头巾、树、毡帽
要么绿得茂盛，要么秃得沧桑

不远处有条小溪
每次路过，羊群都会排成行
低头，甚至跪下

喝水的间歇，羊羊们喊姆
此起彼伏的声音里，一双双眼睛
闪动如玉

2017. 11. 16

110

帐篷里（一）

还有一小堆火，细沙地上
脚印凌乱层叠

该回家了，生活用品都搬走了
但还没拿工资

火星一闪一闪，像人间希望
具体到流浪者生活中

今年可能挣了不少
但结算需要时间
蹙着眉，老陈精神有点不集中

冷水流进火堆，水汽、火星、灰烬
哄堂而起，呛得他忙往外逃

2018. 12. 26

空头支票

天空灰蒙蒙的，扣住流云、雷声
飞鹰，划道道白光

昨天，老总在嘴皮上抹了蜜
旧支票就又像缺了翅膀的薄云
继续待在钱夹里

也许，它就是用来见证谎言的
一年，两年，三年

必须磨出一柄宝剑来啊
此刻，他坐在车厢里，皱着眉
叹了口气

2017. 12

归

第二晚，刚过零点
坐夜的老人就开始咳嗽

在新疆走失的人，回来后
一声不吭。乡亲们都摇头叹息
他才 38 岁

小盒外大棺木，也一声不吭
一起回来的，还有一张金卡和
眼红的亲人

七身九身布衣都省了
去了西天，尽是金丝骆驼金丝马
道士们唱歌，鼓乐密织

明早，他将重新被抬出去
亲人打火，儿女送行

2018. 4

月　亮

独自趴在天上，一言不发
周围很灰

此刻，夜色里，一定有湖水
微漾，天上落下的鱼
或星星
鳞片上，一定有无数被劫走的
骨头

这是新疆，月亮从来都只有一枚

2016. 9

老 周

一个人跟工友对账，填表，打嘴巴仗
一个人填一大沓工资表，一个人
按手印
最简单的了
五个手指头都摸上印泥，一把就按了
五个人
名。完毕，工友们哈哈笑着
走了

2018. 12

干 沟

一边坡上覆盖沙漠，为黄白调子
另一边高耸嶙峋的岩石
呈灰褐色

绕过山还是山，过了谷
又在谷里。同时拥有坚毅和柔软
干沟，偶尔路过一两野草

此地因荒、险、无水、古战场
而出名
快走出去了
为保持体温又喝了一瓶脉动
你说

公路用弯曲实现缓行
无须监控，在自觉的笛声里行走
都是修行人

2019. 3. 26

笨 鸟

不喜欢飞，害怕跌宕起伏的感觉
害怕一口气在天上
找不到出路

但那次去南疆，她选择了飞
云里雾里，飞过秦岭
甚至天山

缺钙的女人，有普通人的肝胆
身边云团时高时低，翻滚
如波涛

四个多小时，她把虚幻扎得紧紧的
落地了，才明白，翅膀
一直都在

2017. 11. 22

半导体

在大漠，物体太干燥，便有了
敏感的神经，随时释放电流

还未看见车门和手指间闪过的微光
电流已把我扎得跳了起来

表面精致的汽车，隔着油漆也能
接收另类情绪

木讷的半导体，对老铁拥有爱护之心
却对伤害一词缺乏想象

总是忘记小刺痛
之后，仍反复，仍忽略，仍接触

2018. 3. 2

2018. 12. 22 修改

收 成

土豆才被剥掉一层皮
他电话说，耽误工期又被罚了一笔

时光的底片顿了一下
差点切到手指时，一阵小风把她
吹回来

窗外枯叶抖动，歪脖果儿半枯黄
老树枝不知何时折断了

又一个零落的季节
亏空更大了——她已感觉不到饿

但生活还得继续
加了力度，她再次下刀
时，土豆眼竟然更多更明显了

这个秋天，比想象的更加顽强

2018. 10. 16

帐篷里（二）

两木匠中间的床位是铲车司机的
木板隔离带像延伸的山线
挂着一副帘子，炊事员蓉和丈夫
住在角落

冰柜和堆放食物的案板在门边
工具堆放帐篷外对面厨房里

南腔北调的人，守着同样的生活阵地
又各自拥有小世界
帐篷就像工地的中心广场
工友们吃同样的饭菜，听同样的故事
聊各自的家乡

踩不同人生射线，或深陷
同一片网络

2019. 4. 3

释 然

不能浪费食物，不然下辈子会缺少衣禄
父亲说，菩萨给每个人的衣禄
定了量的

我不想给工友吃剩下的食物
不想为下辈子的衣禄而
损害工友口福

我一边坚持每天多煮新鲜饭菜
一边为倒掉的食物忏悔

中午，我又端着小半盆锅巴出去
一群麻雀一轰而起——

2018. 11. 20

偏　爱

山间听琴的松

能把风的脚步听得慢下来

把树苗种进寺庙的青衣

心怀木鱼

鸣叫的阳雀，提示蒙头赶路者

转而攀登山顶

爬山虎长出新苔，一笼笼

从曲径长出幽谷

刺竹有节，独爱山中偏食者

熊猫黑白分明，心宽体胖

太阳最执着，总等到马过北屏

才离开水路

所有朝阳的生物，都是我的偏爱

长着普通的脸孔

2019. 5. 13

过渡点

帐篷外撒落的饭粒

引来了一群麻雀，而那团

废弃的钢筋

每个格子都相通

貌似适合隐蔽

又不影响短飞或跳跃

辗转于生活的路上，麻雀们

多需要这样实在而空灵的过渡点啊

它们先飞到钢筋上

一番侦查后

再飞到地面吃饭

工友都不会突然出去

惊扰它们

轰地飞回钢筋上，跳跃，短飞

或小捡几颗零食

往返几趟

吃饱了，就飞到新房顶

点着头梳理羽毛，盘桓一会

才飞走

直到我用下一餐的饭香

诱惑它们

2019. 5. 8

生活，需要摸索着过

快掌灯了，她关紧小屋门窗
但细微的响动声和腊肉香
挤了出去

第二次出岔子，于是又停了电
她懒得解释，反正
今晚电锅不会再亮起来了

灯也关了。生活本需要摸索着过
间歇，正好可以想念萤火虫

但这里的初冬没有萤火虫
远方有晃动的小影子

探照灯高挂在生活区外的搅拌塔上
像月亮，很美好的样子

2018. 10. 16

拥　抱

人类拥抱就能获得幸福感
动植物也是吧

钢筋、石头和木头在工地上
互相进入，抱团
钢筋有了夏天的温度
木头明心见性起来，石头长出了智慧
它们成为软硬相间的整体
有了刚柔并济的和谐
而理性，成了房屋基础建筑
的一分子，这
超越了设计

石头木头能让钢筋笼更加稳固
钢筋也能让石头木头在有限的空间里
获得了轻松明亮，或
质的提升

2019. 5. 5

坐火车

列车员刚走过车厢

他就从袋子里翻出床单裹在身上

往地上坐，再往跟前挪

就要被挤到，我忙侧身，提脚

他头一低，背一矮

顺利地把身子钻进了座位底下

剩小腿和脚露在通道上

我用余光看

他侧身躺着，挺舒服的样子

一会就打起了呼噜

他完全没想到这一躺，会触动到

坐在上面的人

至今记得他果断的占位，安稳的睡态

一整晚，我几乎都蹲在座位上

我不知道，除此之外，我的脚放哪里

才合适

2019. 5. 4

坚强的行者就像甲壳虫

烈日下，除了远山就是戈壁
热浪的苗头低下来
攒动着

坚强的行者就像甲壳虫
在沥青路上爬行
皱眉，眯眼，以过滤灰尘或强光
透过缝隙看前路
他，一个进疆多年的重庆男人
手握方向盘，开货车、铲车、轿车
甚至吊车
他皮肤黝黑，习惯了风沙、干旱
思念或跋涉

2019. 5. 3

无　题

光影在公路上奔跑
时间在河水里轰鸣

鸟有提携之心，鱼仍语无伦次
我闭门多日

自从移居新城，从未徒步
爬山或涉水

这个春天，与虚无或微澜对峙
雨雾是所有句子

2019. 4. 27

务工路上

前路浩荡，沙丘散落，地肤蛰伏
云影停在发黄的背景图里

八月，热浪灼得人睁不开眼
泪花朦胧，风沙里，沙漠的鳞片
浮动

虚无里晃动着阿拉尔山
日头、工地和干渴

黑雕起伏鸣叫，在扬沙天里
演绎聚散。存心暗示

这个下午，几个重庆人开着皮卡
行走在务工路上

2019. 5. 2

老 村

当柳树身上长满皱纹和痂疤
更加慈眉善目了
柳枝依然柔软，柳絮依然轻盈
溪水仍旧浅行
只不知何时悄悄退后了一步
结伴过日子，它们懂得坚持或谦让
唯有老墙一直拒绝进退
哪怕变形，断裂，残破，它依然象征
某种界限
岁月的线缝也难修复缺口
石头砌的墙，表面爬满藤蔓
内心保持坚守

老村，懂得生存法则的事物样样健在
只是村民少了，老了

2019. 4. 30

游蝴蝶谷

五月，这里欣欣向荣
芨芨草裹挟野花儿顺着树林铺展开来
五月，这里就是一个小小的江南
蝴蝶照旧来赴会

几个异乡人从工地上踏沙而来
抬水成对的他们
并不懂得品味小提琴上的美妙故事
却知道与时间周旋
去蝴蝶谷
寻觅小聚的幸福

蝴蝶攒动着，成群聚首于湿地上
青石上，老树上，帽檐上
伸手可捕

停下自拍杆，她知道自己还不是富足的旅游者
只临时借助了云朵
翻山越岭，在工地新疆和故乡重庆之间

获取平衡的留守妇女

或许，该为亲人和工友们的务工生活
震颤一下翅膀了，她想

2019. 4. 14

生活不易

我是一个打工者，与家属一起在新疆漂泊了将近 10 年。期间基本是在一带一路的建设工地上度过的。

一起务工的朋友来自五湖四海，形形色色，同时也人才济济。他们团结一致干着同一项目上的各项工作。

我接触最多的是川渝民工。他们在条件艰难的戈壁里挖石油、建铁路、修高速，在半荒漠里开湖、修渠、种枣子、摘棉花，等等。个中艰辛叙述不完！

如今开放的新疆活力四射，民族风情越加浓烈，风景更加博美。我早已被它随时随地洋溢出来的现代气息和历史沧桑感深深触动。

之前，在尉犁的库克铁路工地上停留了大约两年时间，我零零碎碎写了一些诗歌，在网上发表后得到不少关注与好评，其中部分在《诗刊》《星星》《扬子江诗刊》等刊物陆续发表。因此"尉犁"似乎就成了我诗歌的代表符号，也由此成了我诗集的题目。

民工们能快速适应新疆的大陆性干旱气候，与当地兄弟民族和谐共处，从而顺利融入当地的生产生活中。

然俗话说：在家千日好，出门事事难。生活的路上从来就是满布荆棘的。多年后，一些民工回来了，一些已然定居天山下，还有一些埋骨他乡……

生活确实不易！无数民工的悲喜故事深深触动了我。

向民工朋友致敬！

2019 年 3 月 5 日/费丽

图书在版编目（CIP）数据

尉犁 / 费丽著. -- 武汉 ： 长江文艺出版社，
2019.12
　ISBN 978-7-5702-1161-6

　Ⅰ. ①尉… Ⅱ. ①费… Ⅲ. ①诗集－中国－当代
Ⅳ. ①I227

　中国版本图书馆 CIP 数据核字(2019)第 142419 号

责任编辑：胡　璇　　　　　责任校对：毛　娟
封面设计：祁泽娟　　　　　责任印制：邱　莉　　王光兴

出版：长江出版传媒　长江文艺出版社

地址：武汉市雄楚大街 268 号　　　邮编：430070
发行：长江文艺出版社
http://www.cjlap.com
印刷：武汉市首壹印务有限公司

开本：880 毫米×1230 毫米　　1/32　　印张：4.5　　插页：6 页
版次：2019 年 12 月第 1 版　　　2019 年 12 月第 1 次印刷

定价：46.00 元